APOLOGIE

DE Me DUPIN,

LE

SAUVEUR DE LA PATRIE,

PAR

LES JÉSUITES DE FRIBOURG.

Quia non contrarius est operibus nostris.
Variante de St-Augustin.

Un homme sage proférera-t-il dans ses paroles
une science aussi légère que le vent des opinions
vaines, et remplira-t-il son ventre du vent
d'Orient ?

Eliphas contre Job , chap. XV.

PARIS,

CHEZ LES MARCHANDS DE NOUVEAUTÉS.

1830.

APOLOGIE
DE Mr DUPIN,

LE

SAUVEUR DE LA PATRIE,

PAR LES JÉSUITES DE FRIBOURG.

C'était après matines.

Le ciel était pur et beau comme aux jours du Waterloo des Capets; le soleil empourprait de ses rayons la capucinière de Fribourg; ses feux, étincelant sur les vitraux de l'église, projetaient des arabesques sur le froc des moines à l'office : on eût dit un flambeau attaché à la main de Dieu pour surprendre les mystères de ces pieux scélérats.

Il y avait fête au sanctuaire : l'autel était paré de blanche dentelle, et au milieu, sur un piédestal brodé d'or et de pierreries, s'élevait le Saint-Sacrement; autour de l'astre chrétien scintillaient, comme des satellites, les cierges portés par des candélabres aux mains de bronze; l'encens brûlait, et sous les arceaux légers brisait ses vagues de parfum; dans le chœur était dressée la tente du Seigneur, le dais avec ses colonnes de fleurs, son dôme de velours, ses panaches, et ses cordons à torsades d'or; l'orgue disputait avec les chantres et le grave serpent de mélodie barbare, et, plus haut, les cloches, bondissant sous le fouet d'airain, bruissaient par volées.

Les lévites se pressaient autour du tabernacle, et c'était un étrange spectacle que de voir les chasubles tissues d'argent et de soie, les surplis ailés, l'étole sainte, à côté du froc de laine, du brun capuce des moines, bataillon noir campé dans la nef. Jozon était là, Jozon, le Chodruc de la compagnie de Jésus, la main chargée d'un rosaire et le corps privé de chemise...., car c'est un vœu qui lui gagne le ciel !

Les chants s'éteignirent par degrés, et il se fit un grand silence. Ce calme fut rompu par un homme bardé d'un scapulaire et couvert d'un cilice, qui d'un pas lent marcha vers la chaire. Cet orateur n'était pas Bossuet le gallican, ni le vertueux Bourdaloue ; c'était Rootham, le vil jésuite, Provincial de France. Or, il invoqua le Saint-Esprit par un soupir et un coup d'œil au ciel, et, après un signe de croix largement sténographié, il dit :

Révérends pères de la Foi, profès, novices et affiliés, salut ! que la paix du Seigneur soit avec vous !

Dans ce temps-là, mes frères, une sublime pensée avait visité Charles de France ; il voulait que la royauté eût son 18 brumaire ; il pensait, le pieux monarque, que les lis releveraient leur tige, s'il les arrosait d'un sang impie.

A cette voix royale qui ressuscitait le moyen-âge, qui appelait sur le peuple l'abrutissement, la misère, et sur nous pouvoir et largesses, nous avons répondu par des vœux d'extermination , par des hymnes de grâces.

Le 26 juillet, le *Moniteur*, greffier officiel, annonça l'arrêt de mort des libertés publiques, et les visirs du palais dirent aux janissaires : Massacrez, égorgez au nom de la légitimité : voilà de l'or pour le prix du meurtre !

La charge retentit, et le sang libéral coula par flots ; l'holocauste fut beau, car Paris cachait le pavé de ses rues sous un tapis de cadavres : à ce parfum d'assassinats, à cet autodafé politique, Charles se pâma d'aise et baisa le crucifix.

O mes frères, qu'il eût été glorieux pour le sacerdoce de traverser, sous la bannière , cette sanglante Jérusalem, de fouler ce vaste sépulcre, en allant au temple pour chanter le *Te Deum!* Mais, dans ses desseins, le Seigneur est impénétrable ; sa colère nous marqua au front. Qui de nous, mes frères, n'a tressailli au cri de la révolte ? car il s'échappa des poitrines plébéiennes, comme un rugissement de lion. . . .

Le peuple esclave brisa sa chaîne sur le trône de saint Louis, et ses fils, sans couronne, demandent aujourd'hui, sur la terre d'exil, l'aumône d'un toit.

Hélas ! mes frères, les Moabites, les Madianites se sont ameutés contre nous, martyrs ; ils ont hurlé des blasphèmes, et nous avons été chassés et lapidés. Dieu nous en tiendra compte dans la vallée de Josaphat.

En vérité, je vous le dis, le temps des épreuves est passé ; Dieu retire sa verge de fer : la manne va pleuvoir, et, comme les Hébreux de Moïse, après le passage du désert, nous touchons à la terre promise.

Déjà, chers auditeurs, d'heureux bulletins nous arrivent de la cité rebelle; nos complices, les courtisans, ceux-là qui pendant la mêlée priaient pour les licteurs du roi, envahissent le château; jésuites en éphod, jésuites en frac, jésuites ceints d'une épée, jésuites en toge, ils sont tous au baise-main de l'usurpateur; nos favoris sont à la grand'garde du palais, et le Méphistophélès des rois, Talleyrand, est à Londres. Combien de chefs de division, de bureau, qui, parés des trois couleurs, ont les reins couverts d'un scapulaire béni par nos mains? c'est le fétiche anti-patriotique.

S'il n'y a plus de Vendée, il y a toujours une milice dévouée à Dieu et aux rois par sa grâce : à ce corps de conjurés appartiennent les fonctionnaires qui, dans les villes, dans les campagnes, empêchent l'armement de la garde civique, et, par de pieuses ruses, entravent les ressorts du gouvernement; espions embusqués dans le camp patriote, ils nous diront les secrets du conseil, et déchireront leur cocarde au premier coup de feu de la guerre civile.

Oui, la guerre civile, les chouans et les verdets, voilà notre espoir! Pourquoi, Dieu des armées, n'as-tu pas soutenu les héros de Nîmes? Pourquoi leur royalisme s'est-il éteint sous le sabre de Lascours?

Debout, Trestaillon! quitte ton linceul pour le couteau. La mort n'aurait pas dû te frapper, toi qui la pourvoyais si bien ; toi, guérillas de la foi, ligueur ardent !

Cachons donc le blanc drapeau, puisque les Vendéens le renient, puisque les paysans du Bocage comprennent le néant de la royauté divine et l'iniquité des prêtres.

Religieux mes frères, pour nous la province de France était perdue à jamais, si la décrépitude n'avait gagné son procès à la Chambre ; la gloire mettait à mort féodalité, jésuitisme et tyrannie. C'en était fait d'Israël, si la loi avait permis aux jeunes hommes de monter à la tribune, avec leurs cœurs de feu, leurs fraîches et grandes pensées ! Oh ! malheur à nous jésuites, si jamais, à la place des doctrinaires, des utopistes, des esclaves du centre et des vieillards éteints, venaient s'asseoir des Vergniaud, des Barnave, tribuns populaires !

Rien n'est désespéré, chers auditeurs : à la Chambre des communes, l'opinion nationale n'est pas représentée ; les élections de fraude portent leurs fruits ; plus d'un sénateur nous adresse de son siége des vœux et des soupirs ; puis, quand son vote tombe dans l'urne, il se rappelle qu'il est là pour meurtrir la liberté, pour effeuiller sa couronne de conquêtes.

J'avais besoin, révérends pères, de calmer votre désespoir par ces nouvelles rassurantes. Mais si, au jour de la disgrâce, nos partisans ont bien mérité de nous, que notre gratitude soit digne d'eux ! appelons les bénédictions du ciel sur la tête des B....., des B.... des L...., des D.....; car l'honorable

Dupin a sauvé la tiare de la tempête : *Illum Deus exaltabit !*

O Dupin ! que désormais ton nom soit notre hymne de reconnaissance ; qu'il soit notre monogramme, qu'il brille en lettres d'or sur le fronton de nos temples !

Comme vous, mes frères, je ressens un saint respect pour nos fondateur et grand-maître, Ignace et Escobar ; je suis voué à leur doctrine, corps et âme.

Pourtant cette vénération pour nos pères sacrés n'efface point à mes yeux le prix d'un plus éclatant mérite.

Lorsqu'Abraham passa sur la terre, il fut respecté comme un patriarche ; quand vint Moïse, son peuple révéra en lui le confident du Très-Haut ; plus tard, à la voix de Jésus, les humains se prosternèrent devant le Dieu fait homme : c'est ainsi que les peuples, selon la puissance spirituelle de leurs chefs religieux, ont gradué leur vénération.

C'est aussi par degrés que s'est élevée mon admiration pour le laïque Dupin.

Jeune encore, mon âme de jésuite a palpité de sympathie pour le soldat Ignace ; sa vie aventurière, sa passe d'armes à Vittoria, son vœu à la mère de Christ, gagnèrent mon affection. Lorsqu'après mon noviciat je fus initié à tous les mystères de la société, lorsque *Molina, Sanchez, Escobar* et *Lessius* m'eurent appris à regarder l'univers comme notre domaine, et à museler l'homme avec un scapulaire, mon dévouement paya la dette de mon cœur ; mais ces grands maîtres de l'ordre, captieux, fourbes, subtils plus qu'Ignace, ne sont que des novices en argutie politique au prix de Dupin, le Talleyrand de la basoche.

Si parmi vous, apôtres de la foi, se trouvaient des profanes, des hommes que nos maximes effraieraient, j'emprunterais à l'Écriture l'allégorie et la parabole; mais, dans ce temple, il ne bat que des cœurs dévoués; je puis donc, oubliant pour un jour notre système d'imposture, vous parler avec abandon, avec franchise.

Permettez, cénobites, à votre frère le Provincial des Gaules, de poser sur la tête de Dupin la couronne et les bandelettes sacrées dont le Vatican pare ses élus. Recueillez-vous, frères, car sa vie va passer sous vos yeux, et vos cœurs n'auront jamais assez de gratitude et d'amour pour tant de vertus....

Et de cette vie mise à nu surgiront de hautes leçons pour nous tous, profès et novices; c'est un cours normal de Sorbonne politique, une thèse vivante d'équivoques et d'ambiguités que doit étudier l'ambitieux.

Qu'une femme se complaise au souvenir des frais baisers, des grâces naïves de son nouveau-né; qu'un père se rappelle avec orgueil les lauriers de collége cueillis par son fils; ces souvenances du berceau, ces joies de famille, n'ont point de sympathie parmi nous qui voulons des hommes résolus, et non pas de timides adolescens.

Je traverserai donc rapidement la jeunesse de Dupin, clerc de basoche, pour l'attendre sur la scène politique.

La porte de l'homme privé restera cadenassée. Eh! qu'importe à nous, prêtres indulgens pour le vice, que Dupin soit ou non tendre fils, bon frère, ami dévoué? Je n'irai pas sous les voûtes du Palais écouter si, à ce nom, les échos parlent d'avocat cupide ou de généreux conseil; je ne demanderai pas aux Stacpoole et aux autres cliens si l'avocat vend ses paroles à un taux modeste ou usuraire : l'homme public seul nous appartient et nous touche; suivons-le donc sur le terrain mouvant des affaires publiques.

Pour un peu d'or, Raguse avait livré Paris.

Les rois légitimes étaient rentrés au Louvre avec Talleyrand, sur des canons prussiens : grâce fut promise à tous les actes politiques, et le bourreau se fatigua de tuer des hommes, tant sont loyales paroles de roi.

Appelé à siéger au nombre des représentans à la chambre de 1815, Dupin refusa à Napoléon le titre de Sauveur de la Patrie, opina pour l'abdication, proposa de nommer la chambre Assemblée nationale, et se déclara hautement contre le fils de Bonaparte. A la seconde invasion des rois légitimes et des alliés, le parti royaliste le porta à la présidence du collége électoral de Château-Chinon, et à la candidature de cet arrondissement : il l'offrit encore aux suffrages des électeurs de Clamecy, mais l'avocat n'obtint pas le choix du scrutin.

Cependant de la Conciergerie à la Grève le passage était fréquenté.

Dupin offrit son éloquence à d'illustres victimes : Ney, Brune, Allix, Caron, forts de leur droit et de son assistance, se débattirent sous le glaive, et leurs juges pâlirent.

Ainsi, l'avenir de Dupin commença par la gloire : peut-être alors son esprit ardent avait-il moins consulté le civisme que le désir de l'éclat, en défendant ces grands coupables; peut-être aussi son cœur palpitait-il aux pensées de patrie et de liberté.

Toutefois, si le deuil de la France protestait contre ces assassinats, son amour paya le défenseur : la renommée porta les yeux sur sa robe; les journalistes lui décernèrent des ovations; Dupin, à les entendre, était le Cicéron du barreau, le Mirabeau du prétoire... Si l'avocat n'avait d'autres titres à notre amour que cette épisode de sa vie, notre haine en ferait justice; mais si, plus tard, il effaça les erreurs de sa jeunesse, que la clémence de Dieu lui remette cette tache de gloire; que le Christ lui pardonne, comme il pardonna à Madeleine sa luxure et les folies de son corps, à saint Paul son idolâtrie et ses meurtres.

Alors, le trône des Bourbons s'étayait sur des têtes de citoyens, et notre sainte peuplade grossissait. La Charte, enfant incestueux de la royauté et du mensonge, avait été signée par Louis; aussi, pendant son règne, n'osa-t-il nous reconnaître ouvertement; sa prudence nous toléra, mais à sa mort, Charles, son frère, nous prodigua pouvoir et caresses.

Le monarque était vieux, imbécile et dévot.

Don Juan converti, il s'effrayait des débauches, des viols commis au jeune âge; l'enfer l'appelait, disait-il, et il se jetait épouvanté dans les bras de Latil ; le cardinal garrotta sur un crucifix son royal pénitent, et chacune de ses iniquités se racheta par le meurtre d'une liberté nationale ; le fanatique, pour gagner le ciel, effaçait des fautes par des crimes, et la religion grandissait riche et puissante ; la France nous était livrée pieds et poings liés ; la feuille des bénéfices, le monopole des charges militaires ou civiles étaient entre nos mains ; l'ambitieux devait plier le genou sous notre bon plaisir, baiser notre capuce en signe de foi et d'hommage. C'était un contrat qui donnait fortune et dignités, à charge d'obéissance et de redevance hypocrite.... Car les Tuileries étaient un fief qui relevait des châtelains de Montrouge.

C'est ainsi qu'en bâillonnant de vains scrupules, tant d'hommes obscurs sont montés au pouvoir.

Dupin jeta les yeux sur ces parvenus, qu'un peu de complaisance avait si richement dotés ; l'ambition le mordit au cœur, et ce fut avec un soupir qu'il regarda la simarre du grand-prêtre des lois, lui, qui ne traînait au Palais qu'une robe longue et noire...

Son génie se tourna vers l'orient.

Un matin, le portier de la jésuitière d'Amiens nous vint avertir qu'un homme au pâle visage, au front soucieux, demandait l'hospitalité ; le toit du cloître ne fut pas refusé au pélerin ; nos bras le reçurent avec transport, nos vœux et nos baisers lui firent fête, car le pélerin était Dupin aîné, avocat en cour royale de Paris.

. Qui de vous, mes frères, sans mouiller sa paupière, se rappellera ce beau jour, où l'hôte des jésuites, assis sur nos genoux, éprouva des extases à la lecture de nos pères, et de ce saint Augustin, qui lui prête aujourd'hui ses mystiques épigraphes.

Nous l'avons vu, humble et prosterné, meurtrir ses genoux sur les dalles de la nef; nous l'avons vu danser devant l'Arche sacrée, au chant des saintes hymnes : sa main s'enlaça aux cordons de notre dais, comme la Samaritaine s'attacha aux pieds de Christ, comme les lèvres de David sur les blanches épaules de sa maîtresse : l'Ecriture la nomme Bath-Sebah, femme d'Urie, chef de guerre.

Il fallut nous séparer, de corps au moins; et Dupin s'éloigna l'âme rafraîchie; l'espérance est si douce rosée !

De retour à Paris, Dupin fut traduit à la barre du peuple; les Scribes et les Pharisiens le lièrent au poteau de l'opinion; le sarcasme le fouetta de verges; sa bouche fut humectée de fiel et de vinaigre; c'était pitié que de voir, à travers la toge déchirée, son corps meurtri par l'insulte.

Mais notre hôte avait compris notre morale; il en usa. Dès le lendemain parut sa défense; l'alibi était impossible à prouver, l'avocat avoua le pélerinage, et s'abrita sous le libre arbitre; s'il se tut sur l'excellence de nos doctrines, il confessa son affection pour nous, saints pères; effacez leur nom de capucins, dit-il, et dans ces hommes je ne vois plus que des frères, des amis à qui je ne refuserai ni mon attachement, ni mon éloquence au besoin. A l'apostat ! crièrent les méchans : Dupin cria plus haut : Au martyre ! à la calomnie !

De ce jour date la guerre à outrance entre Dupin et les Catons libéraux ; c'est pour cette lutte que l'accusé publia d'amères philippiques contre la licence de la presse ; sa voix foudroya ces hargneux censeurs qui suivent l'homme pas à pas, et lui disent, s'il chancelle : *Tu es un perfide, tu t'es joué de l'estime de trente millions d'hommes, la nation te bannit de son cœur : la vengeance d'un grand peuple, c'est le mépris !*

Or, dans ce temps-là, les prêtres de la loi étaient agréables au Seigneur ; le parquet avait l'ardeur du Saint-Office ; les fougueux substituts étaient prêts pour le martyre, aussi leur langage était-il courageux comme celui des premiers chrétiens sous Dioclétien l'Impie.

Rome et Capet eurent des sacrifices : les bûchers et la question ne torturaient pas encore les hérétiques libéraux, mais déjà les hommes gangrenés par l'amour de la liberté étaient jetés sur la paille du cachot et accouplés à des lépreux : c'était le prologue de la renaissance féodale et chrétienne.

Heureux nos pères qui ont assisté aux sermons du chanoine Buchard ! Avec quelle fureur sainte ne devaient-ils pas l'applaudir, alors que l'illuminé, avec du sang dans les yeux et de l'écume à la lèvre, invoquait au prône un Aod et un bon poignard pour le cœur du Béarnais !

Heureux aussi ceux qui ont vu les convulsifs transports, le délire épileptique du diacre Pâris… ! mais bien plus heureux nous qui avons entendu les Menjaud, les Levavasseur, pourvoyeurs extatiques du fisc et de la geôle !

J'ai vu Levavasseur bondir sur son siége au cri de liberté ; ce mot-là le brûlait de l'oreille au cœur. Qu'il était sublîme de courroux, quand, le front humide d'une sueur glacée, l'œil ardent et la poitrine haletante, il vouait à la vengeance du Code et de Dieu les écrivains patriotes ! La légitimité avait à son tour un Fouquier-Tainville.

Cependant des journaux factieux furent cités, Dupin se déclara leur champion et les sauva ; ses plaidoyers semblaient une expiation offerte à l'opinion, elle s'assoupit ; les indulgens rouvrirent leurs bras, mais les méchans ne furent pas convaincus, ils dirent : ce Coriolan en chaperon prête à la cause sacrée des lèvres encore chaudes des baisers jésuites. Non ! le cœur n'a pas parlé par sa bouche ; l'esprit seul a troqué des périodes pour des lingots ! *Auri sacra fames !* Et puis il se fit un grand scandale à propos d'un chansonnier.... On disait, aux Pas-Perdus, que Béranger avait en vain crié dans le péril : A moi Dupin ! On se livrait à l'oreille le secret de cette lettre dans laquelle la générosité du poète prenait en pitié l'honneur de l'avocat ; et quand il passait, un murmure s'élevait, et les fronts ne se découvraient pas.

Alors même, révérends, que Dupin serait atteint du mal d'argent, fièvre israélite et catholique, ce n'est pas moi qui lui jetterais le blâme, moi qui partage sur les biens terrestres les principes de nos devanciers Emmanuel et Lavalette le banqueroutier... Indulgence plénière aux rapaces....!

Devers cette époque, on appela le peuple aux comices : quelles mœurs, et quel siècle maudit! Les gens de glèbe, les vilains, les trafiquans avaient pour l'élection le même droit que seigneurs blasonnés et princes de l'Eglise. Charles seul était assez inspiré pour ramener ces jours où le conseil de la nation n'avait pour membres que des nobles d'armes et des prélats : dans les premiers parlemens, les hommes nés n'étaient pas souillés par le contact des manans ; ces conseillers de haut lignage entraient au conseil éperonnés et cuirassés ; leur voix était insolente et haute, comme il convient à des seigneurs ; et souvent, sur le refus d'une exigence, d'un caprice, ils discutaient la dague au poing.

Point n'était question dans ces débats des intérêts du vil peuple.

Les roturiers, les serfs n'étaient pour leurs maîtres que des bipèdes corvéables, dignes tout au plus de l'attention d'un Buffon pour les classer parmi les animaux à vertèbres : des pleurs, de la fatigue, de la misère, et des bénédictions, c'était la dot des peuples.

Plus tard, ce bétail humain fut excité par Satan : il se rua furieux, et se vautra dans le sang de ses maîtres.

Les élections se faisaient donc en France : Dupin brigua les suffrages ; l'intérêt que lui témoignait le duc d'Orléans, prince populacier, lui valut la majorité des électeurs.

A cette ovation, Dupin se déclara libéral envers et contre tous : il combattrait, disait-il, la tête haute et nue, pour la cause des hommes libres : le sternum faillit éclater quand le cri de liberté vibra dans sa poitrine !

Et que ces promesses, mes frères, ne vous affligent pas : nous le verrons à l'œuvre.

Dupin s'assit au sénat sur le banc des libéraux. Avec quelle extase il regarda le portefeuille des ministres ! comme l'aiguille vers le pôle, son œil se tournait sans cesse vers le maroquin à l'écusson royal.

Pour un génie médiocre la posture eût été difficile : d'un côté, les promesses aux électeurs et l'opinion qui veille toujours; de l'autre, ce beau portefeuille rouge et l'ambition qui ne s'éteint jamais : sur ce champ de bataille, Dupin fut tacticien prudent.

Saisi d'une indignation, d'un courroux de commande, à la vue d'actes illégaux, du meurtre de nos libertés, le député montait à la tribune comme à l'assaut, et de là jetait sur la tête des ministres félons paroles de cœur et accens de liberté; puis, il essuyait la sueur de son front, et votait avec la troupe ministérielle..... *Risum teneatis, ô fratres !*..... Si un amendement libéral était agité, Dupin parlait, et abusant subtilement de son adresse et du charme de sa langue, il faisait ressortir le danger qu'il y avait d'accueillir un pareil ami. Que de fois il a plaidé la cause de Villèle et de Polignac! Ce désaccord adroit entre la parole et le vote, ce divorce est un chef-d'œuvre de diplomatie.

L'étude de cette stratégie politique vaut, pour un ambitieux, ce que, pour un capitaine, valent les Commentaires de César.

Ainsi placé en védette entre les deux camps roya
liste et patriote, Dupin abusait les modérés, parle-
mentait avec les hommes de Coblentz, et irritait la
Montagne.

J'arrive au jour du désastre, en juillet 1830.

Ce fut dans ces temps d'orage que le génie de
Dupin battit la nue de ses ailes ; jamais l'esprit d'un
homme n'a brillé de plus admirables ressources.

Je vous l'ai dit, mes pieux auditeurs, l'autel et le
trône étaient ébranlés ; le pouvoir nous était arraché
par les exigences du tiers-état. Le ciel et Polignac
demandèrent du sang, et Charles vendit la mort
d'un peuple pour un brevet d'élu.

Les ordonnances parurent, et la stupeur fut dans
Babylone.

L'œuvre commençait bien.

Gaillard avait pourvu au couteau prévôtal : qua-
rante-cinq têtes de Jacobins lui étaient promises. Le
drapeau blanc, pâle linceul, devait ensevelir la liberté :
déjà le squelette féodal se dressait sur sa fosse, et
demandait ses tours, ses vilains, et son droit sur
l'hymen ; l'Église réclamait un Saint-Office, les dîmes,
et les serfs de main-morte.

Le faubourg Saint-Germain était en pâmoison.

Or, il advint qu'un journal infâme, le National,
cria aux armes ! Ce cri de révolte retentit dans Paris
comme le canon du lendemain : la populace, hiène
sauvage, s'élança sur nos soldats et les dévora :
nous avons succombé sous la rage des pervers. *Et
super nos, Domine, manus tua confirmata est in
furore.*

Que fait Dupin, le député, pendant ce drame plé-
béien?

Ici, mes frères, je tracerai la conduite de l'homme,
et, afin d'en mieux nuancer le mérite, je dirai la jus-
tification de Dupin, et en regard l'accusation portée
contre lui par le peuple : c'est un prétendu déni de
patriotisme.

Maître Dupin se ceint d'une épigraphe empruntée
à saint Augustin, accourt sur la place publique, et
s'écrie dans l'exorde :

« Méprisez la calomnie, disent les uns, calomniez,
disent les autres, il en restera toujours quelque
chose ; cependant je veux qu'il n'en reste rien. »

Les éphores de carrefour, juges encore souillés de
sang et de poudre, le peuple en masse, répond :

« Et d'abord, Maître, votre épigraphe est un
hommage de mémoire à vos amis, les révérends.....
Oui, la calomnie est méprisable! Les Baziles, les jésuites seuls la manient avec charme : c'est leur épée
de combat; mais la vérité, de quelque nom qu'on la
vête, est toujours la vérité, sa voix est sonore, et
les dénégations ne la dominent pas assez pour qu'il
n'en reste rien.

« Qu'il vous faut de courage, Maître, pour réveil-
ler Beaumarchais sous la terre ! pour lui prendre
ses épigrammes ! Savez-vous bien que le père de
Figaro haïssait l'intrigue et la duplicité? que son
fouet de satire enlevait l'épiderme ?

« Caron respirait, peut-être, Pascal nouveau,

écrirait-il d'autres Provinciales pour vous en meurtrir la tête, avocat! »

M⁰ Dupin continue :

«Telle a été ma condition : servir avec zèle la liberté,
et cependant être calomnié en son nom,... parce que,
par amour même de la liberté, et pour unique prix
de mon dévouement pour elle, j'ai voulu rester libre
et indépendant même des indépendans. »

Le peuple réplique :

« Vos lamentations sont vaines : si la souffrance
vous poigne, ne criez pas au martyre : votre cœur a
été blessé par la liberté, et non pour elle ; vous vous
dites son amant, et vous avez prodigué vos caresses
à Martignac et aux hommes du centre ; vous vous
proclamez indépendant même des indépendans, est-
ce aussi d'après cette indépendance que vous votez
avec le ministère? Avez-vous si horreur de la dé-
pendance que, lorsque la France vous demande une
loi sage et ferme, vous n'obéissez pas, de peur de
paraître son esclave? Cette logique est un abîme où
n'ira pas se jeter l'admiration populaire. »

M⁰ Dupin ajoute :

« Le gouvernement royal s'est révolté contre les
lois ; son premier acte a été, *ainsi que je l'avais
prédit*, une attaque contre la presse et les élections.»

Le peuple repart :

« Esaïe, Amos, Ezéchiel, place au prophète! Vous
réclamez, M⁰ Dupin, la gloire d'avoir prédit ; votre
mémoire est plus meublée du latin de saint Augustin
que de la lecture des journaux. Ne savez-vous que,
pendant les six mois qui précédèrent les crimes

du 25 juillet, chaque matin cinquante journaux prédisaient la tempête? Oubliez-vous que par les rues, dans les salons, dans les campagnes, deux hommes ne se rencontraient pas sans prophétiser les coups d'état et la résistance. Si tous les prophètes avaient droit au feuillage de chêne, les forêts ne suffiraient pas aux Calchas. »

M⁰ Dupin dit :

« Encore ici (dans mon cabinet), qui le premier a conseillé la résistance? Il faut bien que je le dise, on vint me consulter; c'est dans mon cabinet que se réunirent tous les journalistes pour interroger le droit: ils rendaient donc hommage à mon caractère, puisque je voyais venir à moi, dans ce jour, ceux-là mêmes qui naguère, et à une meilleure époque, avaient fait irruption contre moi. »

Le peuple riposte :

« L'hommage des journalistes à votre caractère s'explique ainsi :

« Le 26, à neuf heures, le *Moniteur* annonce le parjure : aussitôt M. Sarrans jeune, rédacteur en chef du *Courrier des Électeurs*, et le gérant du nouveau *Journal de Paris*, se mettent en marche pour rassembler tous les gérans des feuilles publiques; on se rend au *Constitutionnel*, et l'on apprend que M. Évariste Dumoulin n'est pas encore revenu de la campagne, mais qu'un messager le ramenera bientôt.

« On convient qu'immédiatement après son retour, tous les gérans se rassembleront pour aviser à une résistance légale. A onze heures, M. Sarrans et le gérant du *Journal de Paris* retournent dans les bureaux du *Constitutionnel*, et apprennent, avec une surprise qu'ils ne cachent pas, que, sans les consulter, le rendez-vous avait été pris chez Me Dupin aîné, avocat du journal, et que l'avis venait d'en être donné à tous les journaux. Tel fut alors l'hommage offert au caractère de Mre Dupin, que presque tous les journalistes, par mesure préventive, convinrent de ne se rendre à la réunion qu'avec l'escorte de jurisconsultes moins prudens, et chacun d'eux prit pour auxiliaire un avocat de son choix. C'est à cette protestation, à cette sorte de coalition impromptu que l'on dut la présence, dans le cabinet de Me Dupin, de MM. Mérilhou, Barthe, Berville et Odillon-Barrot, hommes sans hésitation, sans mollesse.

«Voilà le vrai. Est-ce un hommage ou une satire ? »

Me Dupin poursuit :

« Messieurs (les journalistes) me trouvèrent net et précis sur une question qui, apparemment, les embarrassait. »

Le peuple l'interrompt :

« Non, de par Manuel! vous n'avez pas été précis et net! Vous avez déclaré l'illégalité des ordonnances, quand tous les consultans, toute la France en étaient convaincus. Là n'était pas la question. On vous a demandé un conseil de député, d'homme résolu; et vous vous êtes écrié, avec de l'effroi au visage, que ces questions appartenaient à la politique, et que votre cabinet n'avait été ouvert qu'à une consultation de droit.

« M. Léon Pillet, le patriote, indigné d'une telle pusillanimité, vous dit qu'en s'adressant au jurisconsulte on avait voulu parler aussi au député.

« C'est alors que, rejeté dans vos retranchemens, cette exclamation seule, textuelle, interrompit le pressant questionneur : *Je ne suis pas député !* Cette abdication a eu pour témoins tous les assistans. En vain aujourd'hui faites-vous le procès aux oreilles ; en vain cachez-vous votre faiblesse sous une phrase rajustée. Vous soutenez avoir proféré ces mots : Ici, *je ne suis pas député !*

« *Ici* n'a été entendu par aucun des consultans. Peut-être, docteur, l'avez-vous prononcé dans le for intérieur, d'après les maximes des pères de Saint-Acheul. Ce n'est pas derrière cette barricade jésuitique qu'il fallait vous abriter ; c'était derrière les barricades du peuple.... Mais la mitraille ricochait par là ! »

Me Dupin raconte :

« On se réunit dans les bureaux du *National*, où l'on convint de résister, c'est-à-dire de se conformer à ma consultation. Ainsi donc, honneur à la protestation des écrivains courageux ! Mais j'ai droit de dire aussi : Honneur aux avocats qui ont conseillé la résistance ! »

Le peuple répond :

« Quoi ! après avoir refusé de vous associer à une résistance que vous regardiez comme un devoir, vous vous adressez des *vivat*, des hymnes d'honneur !

« Votre triomphe n'excite que pitié, nos clameurs vous transpercent ; car, il faut le dire tout haut, votre cœur s'est serré au jour du péril ; vous n'avez pas fait votre devoir de citoyen ; vous n'aviez pas même le prétexte de la distinction dans laquelle vous vous réfugiez aujourd'hui. En effet, la question des moyens de résistance légale vous avait été présentée sous forme de question de droit, et conséquemment pouvait être résolue dans le cabinet d'un jurisconsulte.

« Nous le prouvons, car Mᵉ Barthe l'a très franchement résolue, très loyalement expliquée ; mais Barthe, le bon citoyen, n'a pas la prudence de son illustre bâtonnier. »

Mᵉ Dupin dit encore :

« Si j'étais journaliste, je résisterais par tous les moyens de fait et de droit. »

Le peuple crie :

« Imposture flagrante ! A défaut de votre mémoire, quatre-vingts citoyens, groupés autour de vous pour la consultation, vous diront qu'ils ont distinctement entendu ces paroles moins énergiques, plus équivoques :

« *Si j'étais journaliste, je verrais ce que j'aurais à faire ;* ou bien : *Je prendrais mon parti.*

« Encore une feuille qui tombe de la couronne civique. »

Mᵉ Dupin continue :

« Le lendemain mardi, à une heure, répondant à l'appel de mon honorable collègue M. Casimir Périer, je me rendis chez lui avec mon frère. Dans cette réunion, on convint à l'unanimité de rédiger un acte, dans une forme non encore arrêtée, dans

lequel on déclarerait protester contre les ordonnances; et il fut en outre convenu que MM. Ville-
main, Guizot et moi, nous chargerions, chacun de
notre côté, d'une rédaction. »

Le peuple réplique :

« Avant de censurer votre conduite du mardi, que
faisiez-vous, Maître, le lundi soir? Tous les députés
présens à Paris étaient assemblés chez leur collègue
M. Laborde : pourquoi ne pas paraître? L'ignorance de la réunion ne peut être alléguée; il y avait
eu convocation : d'ailleurs, tout Paris le savait....
Pour des hommes aussi prévoyans que vous, docteur, c'eût été de la témérité que de faire un acte de
député; il valait mieux attendre, au jour nouveau,
de quel côté se leverait le soleil.... Si un soldat,
quand on marche à l'ennemi, s'absentait et disait
pour excuse qu'il n'a pas entendu le tambour, que
diraient les braves? ce que crie tout un peuple :
Le l ...! »

Me Dupin, en s'adressant aux membres qui, chez
M. Périer, proposaient de nommer une commission,
s'écrie : « Qu'êtes-vous, pour avoir un président,
pour nommer une commission et pour délibérer?
Vous n'avez plus aucun titre, aucun caractère, aucun pouvoir; on vous calomniera, on dira que vous
usurpez l'autorité. »

Le peuple riposte :

«Cette colère peint toute votre pensée. Vous aviez
jeté votre habit fleurdelisé, et ne vouliez pas vous
compromettre en concourant à un projet rédigé par
une commission régulière, avec un président, un

secrétaire, des votes, un rapporteur ; mais vous acceptez la rédaction d'une simple lettre au roi, parce que cet acte est permis à tout citoyen.

« Tout acte émané d'un pouvoir constitué vous faisait horreur; cette vérité jaillit de tous vos faits et gestes. Quand le patriarche Pompières vous déclara qu'il présidait d'après le vœu de ses collègues, n'avez-vous pas protesté contre ces suffrages, expliqué avec véhémence votre opinion ennemie ? Et puis, lorsque les électeurs de Paris, et à leur tête le brave Mérilhou, sont venus exhorter les députés à se déclarer en permanence et à diriger les citoyens, qui s'est opposé à leur admission ? Dupin seul, Dupin furieux. »

Mᵉ Dupin se justifie encore :

« J'ignorais qu'on eût indiqué une réunion chez M. Audry de Puyraveau; je n'ai reçu aucun avertissement. »

Le peuple répond :

« Les députés se sont assemblés le mercredi à midi chez M. de Puyraveau ; ont décidé qu'une protestation serait rédigée, ont nommé une commission pour aller chez le duc de Raguse, et se sont ajournés à quatre heures chez M. Bérard, pour connaître le résultat de cette mission. Une troisième séance a eu lieu, le soir à huit heures, au roulage de M. de Puyraveau ; et vous, M. Dupin, n'avez paru à aucune de ces réunions. Oh! de grâce, pour votre honneur, ne dites pas que vous ignoriez ces assemblées ; reprenez vos sens, les canons sont éteints : rappelez-vous que M. de Pompières, séance tenante, chez M. Casimir Périer, fixa un rendez-vous chez M. de Puyraveau pour le lendemain dix heures.

« Et, chose incompatible avec l'ignorance prétendue, c'est que vous-même, Fabricius temporiseur, avez élevé la voix pour retarder le rendez-vous jusqu'à midi. C'était un sursis de deux heures, et les événemens courent si vite avec des pièces de huit, des javelines et un Raguse !... Que sait-on ? »

Mᵉ Dupin ajoute :

« Le mercredi à midi et demi, je rédigeais mon projet en forme de pétition au Roi. »

Le peuple dit :

« Eh quoi! Tribun, vous qui vingt fois par séance escaladiez la chaire aux harangues, vous si prodigue d'improvisations brillantes, il vous a fallu vingt-quatre heures de réflexion au cabinet pour quelques lignes d'une pétition? Une pétition, dites-vous...! Vous poussez, maître, le respect pour vos rois jusqu'à l'héroïsme : c'est du fanatisme monarchique!

« On voit bien que vous êtes resté à l'arrière-garde : c'était parmi nous qu'il fallait venir pour écrire dignement; l'odeur de la poudre et les cris des mourans auraient peut-être remué ce cœur si calme ; c'était sur un affût et avec des biscaïens qu'il fallait protester : quand vous écriviez à Charles avec humilité, nous, plébéiens soldats, nous le mettions en joue!

« A sept heures donc, votre supplique est terminée; vous sortez, et rencontrez M. Périer qui vous dit que les députés s'étaient tous réunis à quatre heures chez M. Bérard, et que vous y trouveriez peut-être encore quelques collègues.

« Ainsi, vous n'êtes pas à l'assemblée du matin chez M. de Puyraveau ; vous n'arrivez qu'à sept heures au rendez-vous de quatre heures à la maison de M. Bérard, et vous ne vous montrez pas du tout à la réunion de huit heures du soir au roulage Puyraveau : addition faite, trois absences.

« Et vous les expliquez par le défaut de convocation, et la rédaction d'une pétition anodine !

« Pour un docteur, quels argumens !

« Pour un citoyen, quelle conduite ! »

M⁰ Dupin continue :

« Là (chez M. Bérard), j'appris que la protestation était convenue, qu'elle avait été non pas signée, mais envoyée à l'impression avec une liste de tous ceux qui étaient présens à la réunion de la veille ; mon nom y était donc ; plusieurs collègues et surtout M. Laffitte me l'ont attesté, mais il se trouva que, dans le trajet, une main ennemie l'avait effacé, tandis qu'au contraire d'honorables députés absens de Paris s'y trouvèrent officiellement ajoutés.... Je fus donc obligé de faire rétablir mon nom à sa place. »

Le peuple réplique :

« Si votre nom ne se trouvait pas inscrit parmi ceux des adhérens à la protestation, la faute en est à vous, timide ! Tous les membres de l'assemblée de la veille avaient voté une protestation, œuvre d'un pouvoir constitué ; vous seul aviez refusé votre concours, on n'avait donc pas dû mettre votre nom au bas d'une adresse que vous aviez repoussée avec force.... D'autres députés, absens de Paris, s'y trouvèrent, dites-vous, officiellement ajoutés..... Il est des hommes, Me Dupin, dont le caractère est si loyal, si respecté, qu'ils auraient pour caution la France entière ; il en est d'autres, discrédités dans l'esprit public, qui ne trouveraient pas un citoyen pour hypothéquer leur conscience.

« Quand la protestation fut adoptée, la victoire était indécise : quatre cents cadavres barricadaient l'Hôtel-de-Ville que les troupes royales venaient de reprendre..... Ce n'était pas signer sans danger; le jurisconsulte s'abstint.

«Mais alors que l'armée du roi, Français et Suisses, passa au pas de course sur le Carrousel, en criant : *Sauve qui peut;* alors que le drapeau du peuple, mouillé de sang, apparut sur les Tuileries, alors le prévoyant avocat écrivit son nom sur la protestation, ôta sa toge, et dit à sa gouvernante : Donnez-moi le frac à fleurs de lis, car le député de la Nièvre est ressuscité. »

Le peuple termine ainsi :

«Ne criez pas au guet-apens, ne dites pas que la calomnie masquée vous poignarde la nuit....! Tous les journalistes qui vous attaquent se nomment à voix haute; chaque feuille est signée par un gérant : il se porte caution des rédacteurs du journal.

«Que si vous désiriez lever la visière des champions, ils ramasseraient, à visage nu, votre gantelet de défi..... Satisfaction vous serait faite, où, quand et comme il vous serait agréable.....

« Aux jours d'épreuve, tout a été vu, apprécié, tout a été dit : l'éloge ou le blâme ont payé chacun selon son œuvre.

« Mérilhou et tant d'autres qui, de la poudre aux dents et du fer dans la main, se battaient au premier rang, ont été salués par des cris d'amour; les indifférens, les peureux n'ont été flétris que par le ridicule, quand ils auraient dû......

«Vous parlez d'anonyme! A-t-il gardé l'anonyme, ce Simon Cartulat, lorsqu'adjuré par vous, il répondit en Scythe :

« Me Dupin prétend avoir délivré deux prisonniers
« royaux abrités sous mon toit..... Ce fait est faux :
« je n'ai pas entrevu l'ombre d'un Dupin ; le généreux
« patriote qui a couvert de sa protection les deux
« officiers est M. Méchin fils..... *Suum cuique.* »

« O pélerin de Saint-Acheul, que d'illusion, ou que de hardiesse ! »

Reposons-nous, mes frères, car l'admiration fatigue l'âme, et l'éloge qui grandit exige toute notre reconnaissance. Méprisons le peuple et sa brutale franchise, et voyons agir Dupin après la victoire.

La cour de Charles fuyait, honteuse, vers Rambouillet; les révoltés poursuivaient les soldats la baïonnette sur les reins. Le danger avait changé de place; la route de Neuilly, balayée par les mousquets et les piques des bourgeois, était libre : Dupin y court avec quelques citoyens; il s'élance dans le château d'Orléans, caresse le duc, et pavoise son habit d'un ruban tricolore.

Son cœur n'avait pas assez de pulsations pour la patrie; c'était trop peu que d'une vie pour offrande à la nation; jamais Borie, égorgé par Marchangy, n'avait tant aimé sa chère France!

Vinrent les discussions parlementaires.

Le roi récusa la compétence du ciel, prit la couronne aux mains du peuple, et dans un beau serment qui s'échappait du cœur, s'écria : « Je suis roi des Français! »

Un homme était là, qui se disait à lui :

« Si le monarque ne se proclame pas roi par la grâce de Dieu, il aurait peut-être dû, par reconnaissance, s'intituler souverain par la grâce des Dupin! »

M⁰ Dupin enregistra dans la nouvelle Charte l'article relatif à la cocarde nationale, et s'attribua l'honneur de l'initiative.

Il fallait de l'audace pour se déclarer le parrain d'une cocarde que, dès le 27 juillet, les plébéiens portaient sur leurs poitrines, bien près du cœur.

La France demandait une Charte nouvelle, et non pas une édition corrigée; elle demandait des garanties plus loyales, une liberté assise sur une large base, l'accès de la tribune aux jeunes hommes et l'égalité de protection et de repect pour tous les cultes.

Dupin reprit son rôle de médiateur, et loin de déchirer cette Charte, texte de controverse et d'interprétations, il se contenta d'y coudre quelques additions; il n'oublia pas son article, par brevet d'invention, sur la cocarde nationale.

La nation, lasse des excès des prêtres, désirait que la religion de Rome ne se parât plus du titre de religion de l'état.

M⁰ Dupin déclara que la religion catholique, apostolique et romaine était la religion de la majorité des Français.

La sagesse en vain cria que l'Eglise de saint Pierre n'avait pas l'amour et le respect de la majorité des Français ; que l'indifférence ou le mépris faisaient justice de cette religion, sublime d'après Christ, avilissante et tyrannique d'après les papolâtres... La jeunesse disait : Voyez dans les pagodes chrétiennes quel auditoire écoute vos prêtres : des enfans trop jeunes pour la vérité, de faibles femmes et des vieillards imbéciles....

S'il faut à l'humanité une idole mystique, si le cœur ne suffit pas pour parler au ciel, laissons-lui ses croyances ; que la loi tolère tous les cultes absurdes ou respectables, qu'elle les protége tous, mais n'en distingue aucun par une faveur injuste.

La doctrine d'Ausbourg, le judaïsme, le Coran de Mahomet, le calvinisme pur, le déisme de Voltaire, le dogme de Confucius, les mystères de Brama, de Zoroastre, et tous les autres cultes, valent bien cette religion romaine qui, pour racheter quelques vertus, créa l'inquisition ; qui vend un tarif d'absolution pour les crimes, force les peuples à s'agenouiller sous le bras d'un vieillard tonsuré ; qui prêche aux rois le meurtre des sujets, et aux nations la révolte !

Toutes les croyances humaines valent cette religion, déesse qui persuade les incrédules sur un échafaud, qui marque ses pas par une trace de sang et de malheurs, qui s'offre à l'amour des hommes avec la tête de Jean Hus, les cendres de Jeanne-d'Arc, les chevelures des Albigeois, l'arquebuse de Charles IX, le couteau de Ravaillac, les attentats des Cévennes, les atrocités d'un Borgia, avec le fiel et la vengeance de ses prêtres, seize siècles de misère et d'abrutissement et sa landhwer de Jésuites!

Que dirait Jésus de Nazareth en voyant ses sages préceptes ainsi travestis et commentés?

Dupin fut sourd aux blasphémateurs, et avec l'ardeur d'un fervent disciple proclama la priorité de la religion papale : *Benedicat Dominus per omnia secula seculorum!*

La magistrature assise doit à son tenant une toge d'honneur; grâce à son éloquence, les juges qui condamnèrent Magallon, Barthélemy, Fontan, toutes les pensées d'hommes libres, sont déclarés inamovibles.... Un serment a tout purifié.

Ces magistrats qui, le jour de l'Austerlitz parisien, priaient pour Capet, on les verra, le cœur tout plein du banni, prononcer sur le sort des Amis du Peuple!

Il y a toujours de la paille et du pain noir à la geôle pour la liberté.

Dupin a dit : « L'inamovibilité est un principe; périsse plutôt le monde qu'un principe! »

Cet homme-là mourra d'une apoplexie de légalité.

Quelques députés, Girondins nouveaux, avaient cru qu'après avoir rempli le mandat de la nécessité, qu'après avoir salué un Roi et rétabli l'ordre, il était de leur devoir de demander un autre baptême électoral, de consulter les suffrages de la France enfin libre.

A ce cri d'abdication, Me Dupin bondit de son banc à la tribune :

« Grands dieux! s'écrie-t-il, voilà donc le salaire réservé aux vengeurs des tyrans!

« Si c'est un crime d'avoir sauvé la patrie, où est Sanson? qu'on nous mène à la Grève !

« Mais si nous ne sommes coupables que d'héroïsme, d'où vient qu'on nous chasse du sénat? Les lauriers amassés par nos mains en barricadent les portes ; nous ne sortirons pas !

« On veut en appeler à de nouveaux comices, on veut une chambre plus ferme, plus sympathique avec le pays!

« Pères conscrits, sur quels hommes plus dignes peuvent tomber les suffrages? Arrière la modestie! et puisqu'on récuse notre gloire, arrachons son voile de pudeur, vengeons-la.

« A qui la palme dans ce tournoi sanglant entre la France et son Roi? Est-ce au peuple? Il n'a fait que tuer une dynastie, et nous avons créé un roi. *Les périls étaient pour nous seuls, car si Charles X eût été vainqueur, on n'aurait pas retrouvé les combattans; mais on aurait retrouvé les délibérans....* Le peuple, il est vrai, a laissé dix mille corps morts sur nos rues, mais dans une lutte que peut faire le peuple, aux bras musculeux, sinon d'affronter le canon? Une tâche plus belle et plus difficile est celle de faire de bonnes lois : nous l'avons dignement achevée.

« Malgré les voix du forum, nous nous sommes cramponnés sur nos chaises curules.

« Nous avons élevé la religion catholique au-dessus des autres cultes ; nous avons cloué sur leurs siéges les *Amy*, les *Cottu*, ne leur demandant pour toute expiation qu'un mot et un geste, un serment.

« Et si l'on m'attaquait, moi, législateur et citoyen, je dirais : Que mon nom de légiste soit buriné au livre des lois, et mon nom de citoyen sur les colonnes du Panthéon ! car le premier j'ai couru vers Neuilly ; car les cailloux ont meurtri mes pieds ; car ma bouche a baisé d'Orléans au front ; car je l'ai paré de ma cocarde. Contre qui ces clameurs qui reprochent la mollesse, le jésuitisme ?

« Silence, ingrats ! Montons au Capitole rendre grâce aux Dieux ; car, je vous le dis en vérité, je suis Camille, le *sauveur de la patrie !* »

O Dupin ! pour électriser ton auditoire, il aurait fallu élever dans l'enceinte du sénat ces poudreux souliers qui t'ont porté vers la gloire…. ! A ce touchant spectacle, point d'assistant qui n'eût pleuré, attendri, comme jadis sanglottèrent les Romains alors qu'Antoine leur montra le corps de César déchiré par Cassius.

Héroïques sandales, nationales reliques, la renommée s'attachera à votre souvenir ainsi qu'à l'épée de Bayard, à la capote grise de l'homme du destin !

Jésuites, mes frères, voilà sa vie : qu'elle soit pour nos esprits un éternel sujet de méditations !

Et quand la mort appellera Dupin, peut-être son cercueil sera-t-il refusé au Panthéon ; eh bien ! qu'il vienne dormir parmi nous, sous les marbres de l'autel !

En attendant cet hommage d'un sépulcre, que nos prières élèvent son nom jusqu'à Dieu ! Que ee Dieu le garde frais et dispos, et qu'il lui prête son bras; car souvent l'hôte de Saint-Acheul, dans le silence de la nuit, répète avec David : *Inimici autem mei vivunt, et confirmati sunt super me; et multiplicati sunt qui oderunt me iniquè.*

Continuons, mes frères, les mystéres saints; chantons le *Te Deum* d'actions de grâces, et que nos hymnes sacrées, sans rendre jaloux les mânes d'Escobar et d'Ignace, fassent pleuvoir la rosée du ciel sur le front du très chrétien et très prudent Dupin aîné, procureur général et fiscal, et député de la Nièvre.

Rootham descendit de la chaire.

L'office de la messe continua, et après le saint sacrifice, le *Te Deum* retentit.

Les basses-tailles des moines mugirent sous les voussures du temple; l'orgue et la cloche ne furent pas muets; l'encens épandit ses nuages: car il y avait fête au sanctuaire.

Le soir, au chapitre, les jésuites attachèrent un *habit de la Vierge* à un ruban tricolore, et, par acclamations, en votèrent l'hommage à Mᵉ Dupin.

Le ruban passa sous la main d'un prêtre et fut béni.... Le lendemain, le scapulaire, escorté d'une adresse de félicitations, était sur la route de Paris.

Honni soit qui mal y pense.

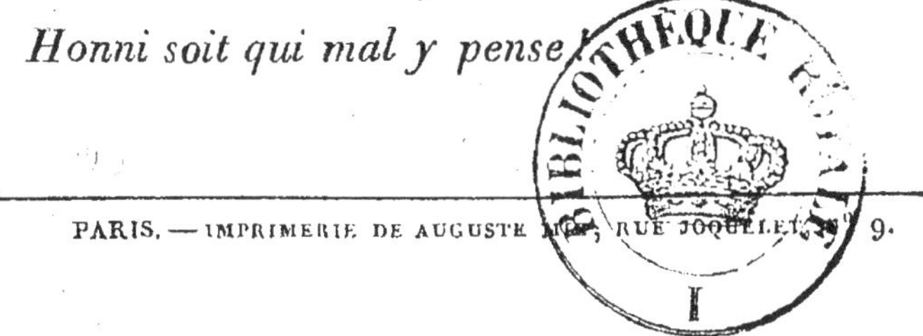

PARIS. — IMPRIMERIE DE AUGUSTE MIE, RUE JOQUELET, 9.